Bitácora del eterno navegante

Ulises Paniagua

1ra. edición, octubre 2015
ISBN: 978-0692534564

Bitácora del eterno navegante
© Casa Editorial Abismos
© Casa Editorial para Arte Norte Fundación Cultural A. C.
© Ulises Paniagua
Dirección editorial: Sidharta Ochoa
Diseño de portada: CPR Studio, 2015
Diseño de interiores: Marusia Ochoa Ramírez

ArteNorte
Fundación Cultural A. C.

Índice

*Pondremos por escrito lo que vimos tal y como lo vimos,
lo que oímos tal y como lo oímos, de modo que nuestro libro pueda
ser una crónica exacta, libre de cualquier clase de invención...*

Marco Polo

Iniciamos la lucha contra la naturaleza siendo reyes de trapo.
Al final ella vence, pues goza en nuestra vejez de una
de sus mejores cartas, y bajo la manga guarda el as de la muerte
para dar fin a la partida.

Anónimo
Del "Tarot de las almas solas"

El mundo es sueño y humo frente a los ojos
de un eterno insatisfecho

Gottfried Benn

Inicio de expedición

Puerto de Zarpa, 20 de abril del año en curso.

Partimos al alba, puntuales, al amparo de vuelos de gaviotas y albatros de enormes alas. Sus altezas, excelsas como es costumbre, nos brindaron una grata despedida con un séquito de hermosas cortesanas que llenaron de azahar la cubierta de nuestra nao. Hay ilusión en este viaje. Los días se anuncian soleados, calmos; la tripulación se muestra eficiente. Antes de zarpar sus majestades enviaron un mensajero que nos recordó la importancia que para la Corona tiene esta empresa. También nos instruyó en los peligros de la *Mar tenebris*, justo en los confines del mundo, y en la necesidad de no perder de vista la estrella del Norte. Nos obsequió de vuestra parte un astrolabio cuyo trabajo de fundición y diseño nos ha dejado sin aliento. Agradecimos el regalo y levamos anclas. La jornada de hoy ha sido plácida; hemos recorrido cerca de dieciocho o diecinueve leguas a sotavento sin mayor percance, como no sea la lúdica compañía de un par de delfines. Planeamos arribar a tierras nuevas en un plazo no mayor a sesenta días, una vez que abandonemos las rutas tradicionales de navegación. De más está decir que nuestros espíritus, hinchados de felicidad, navegan con la libertad del viento.

La carabela fantasma

Mar abierto, 3 de mayo del año de Nuestro Señor.

La mar es una sábana interminable; un celaje donde nuestro navío se extiende como el vuelo de un águila. Tan enorme es su presencia que expide una sensación de soledad. Siguiendo la ruta desconocida sólo habíamos encontrado agua a nuestro paso. Navegar en esta región despertó nuestra extrañeza, pues hubo ocasiones durante mañana y tarde que nos pareció observar una carabela a lontananza. Emocionados ante la proximidad de un encuentro hemos acelerado la marcha de la nao. Hendimos con la quilla la calma en la que los delfines custodian nuestro viaje. La carabela parecía volverse nítida y real cuanto más nos acercábamos; pero de manera inexplicable, en el segundo de un fulgor, aquella nave aparecía ante nuestra vista lejos como en un inicio. Desconcertados, heridos en nuestro orgullo marino desamarramos velas y ejecutamos las maniobras necesarias para conferirle a nuestra embarcación mayor velocidad. Nos vimos de nuevo próximos a la carabela, ufanos de nuestra pericia y prontos a darle alcance. Sin embargo, en un instante y de manera abrupta (en una especie de salto temporal), la nave volvió a aparecer lejos, mostrando su silueta en un horizonte libre de nubes. Comprendo que no nos será posible llegar hasta aquella embarcación. Y no sé por qué, pero esta interminable persecución de la carabela fantasma me remite a la caída de cada grano de arena en el interior del reloj, a la búsqueda de un poema perfecto, a la aventura perpetua detrás de la Utopía de Tomás Moro.

13

Un llanto inmenso

Mar abierto, 21 de mayo.

Jano, el portugués que se encarga de los daños infligidos al mascarón de la nao, halló flotando un mensaje dentro de una botella que levamos mediante un anzuelo. Aún olorosa a ron, la misiva conducía a pensar más en las cavilaciones de un hombre que a la súplica de un náufrago. Dictaba: *"El océano es incertidumbre, es la uña de un dios que impresiona por su monstruosidad. Cada marejada las miles de olas se estrellan, en desconcierto, al ritmo de una melodía absurda. En alta mar cada nave es un perro triste llorando al desamparo, sin importarle al oleaje"*. Lo escrito no hubiera parecido importante si no fuera porque Jano, respaldado por convincentes argumentos, hizo notar que el autor no tuvo intención de hablar de un océano literal, sino sobre la vida y la convivencia en las nuevas y viejas ciudades.

-Cada ciudad es un perro o un naufragio —dijo Jano, ambiguo.

Confundidos, tal vez desconfiados, nos dedicamos a guardar un respetuoso silencio con respecto al mensaje y sobre todo con respecto a la intrincada apreciación de nuestro ebanista.

El décimo infierno

Mar abierto, 5 de junio.

Al atardecer nos pusimos a relatar historias. Las aventuras de los marinos resultan tan fantásticas que uno no sabe qué parte del relato debe asumirse como ficción y cuál implica una porción de realidad. De cualquier manera la mejor historia fue la del cartógrafo sombrío. Relató sin un asomo de duda cómo en un viaje clandestino organizado por templarios (cuyo propósito era encontrar el Sagrado Grial), su barco había ido a varar a un fondeadero. Allí -juraba- habían descendido con cuerdas por una grieta, en una expedición que se había planeado para pasar el rato. Su sorpresa fue mayúscula cuando al llegar al fondo del boquete, alumbrado apenas por unas teas insuficientes, el décimo círculo de ese infierno que refiere Dante apareció ante la vista de los templarios.

-Reconocimos a Alighieri por la palidez de su rostro, sus ropas, y la gravedad de sus gestos. Un Virgilio moderado y sencillo caminaba tras él, guiando los pasos de ambos un nivel arriba, en una escalinata hacia los círculos conocidos, a los tormentos de lujuriosos y ladrones —aclaró el cartógrafo-. Sin embargo, en una situación torpe, aquellos personajes subían de manera repetida dos escalones y descendían tres, para volver a subir uno. De esta forma nunca avanzaban. Sus rostros mostraban desesperación.

-Conozco la clasificación de los círculos infernales; y estoy seguro que mientes — objeté dudando de la sanidad mental del encargado de dibujar en un mapa nuestras exploraciones—. Aun suponiendo que tu historia mereciera la mínima credibilidad, no puede existir un nivel más terrible del que ocupa Judas Iscariote en el infierno de la traición. Entonces me miró con una seguridad que me hizo estremecer. Parecía pesar cada palabra antes de pronunciarla. Después de una larga pausa el cartógrafo asestó una frase impecable:

-En eso se equivoca, Almirante. Hay dolencias más espantosas que las que merece la traición al nazareno. Hay un espacio donde no reina ni el silencio, ni la esperanza, ni el hartazgo. Es como flotar en el vacío. Es el lugar en el que no sucede nada, donde no se va a ningún lado porque no hay sitio a donde ir ni donde estar. La mediocridad y la indolencia, Almirante, conforman el décimo de los infiernos. Y lo juro, si el propio Dante salió de allí después de que partimos, se sintió tan asqueado que no quiso registrar el episodio en su Divina Comedia.

Bosque lánguido

—Allá donde nace el sol se rumora la leyenda del bosque de los suicidas. Lo perturbador de tal boscaje es que después de colgar de alguna rama, de entregarse al hambre o decidir arrojarse a un acantilado, las almas de los difuntos que merodean entre abetos y pinos no exigen piedad, ni revancha o descanso. Ni siquiera atención. Por multitudes se les escucha caminar sin destino sobre las hojas secas, al brillo de la luna. Son espíritus alimentados en la estética del derrumbe, no aspiran a una migaja de eternidad.

Tal es el cuento que nos compartió el contramaestre, por la madrugada y en la comodidad de las literas, a los desvelados que quisimos escucharlo después de jugar a la baraja. El contramaestre destacaba el carácter improbable del sitio. Aunque no quise contradecirlo recordé cómo Marco Polo (en una de las notas de bitácora que no llegó a publicar), aseguraba la existencia de ese bosque refiriendo latitud y longitud exactas para quien se interesara en experimentar, en lo futuro, la profunda desolación de caminar sobre su hojarasca.

Pequeña revuelta

Pleamar, 18 o 20 de junio de un año confuso.

L a tripulación se sintió inquieta tras varios días donde yo no sabía qué rumbo tomar. Ni la brújula, ni el astrolabio ni nuestra pericia pudieron orientarnos una vez que ingresamos a la zona donde meridiano y paralelo se funden formando una cruz perfecta. Cuando la noticia de mi desconcierto llegó a oídos de un par de barberos turcos (famosos por sus chismes), se esparció como pólvora contagiando de desesperanza a muchos de nuestros hombres: los agrios andaluces que lamentan una navegación azarosa; los bávaros de larga cabellera quienes pretenden encontrar el nombre de su dios en alguna inscripción tribal; el par de funámbulos que viajan extasiados con la promesa de "El Dorado". Todos ellos promovieron una pequeña revuelta, pacífica y absurda, que manifestaron al tumbarse a mediodía para tomar el sol, libres de ropas y ajenos al pudor marino. Se mostraron desfachatados e hicieron derroche de su holgazanería. Sin embargo, sabiendo que los inconformes podrían considerar la posibilidad de adueñarse del mando; procuré pasar por alto el percance y asumir una posición prudente. Así que me sumé al movimiento, despojándome de vestiduras y echándome de espaldas, justo en la proa, una vez que hube vendado los ojos del mascarón para ahorrarle el espectáculo deshonroso de mi cuerpo.

Miraba el cielo en su profundo azul cuando me percaté de que las nubes giraban aprisa, señal de que se avecinaba una tormenta. A la par, una maraña de algas rozaba las costillas de la nao. El grito del gaviero nos despertó de nuestro letargo:

-¡Tierra a la vista¡

De pronto los disidentes se habían puesto en pie y corrían hasta las barandas, encimando sus torsos escurridos sobre los de otros; intentando ganar lugar para atestiguar la proximidad de tierra firme. Se olvidaron de la sublevación. Se colocaron sus ropas, retomaron sus puestos, liberaron amarras y se pusieron a trabajar con la intención del desembarco.

Por mi parte, reconozco que empezaba a disfrutar convertirme en un animal de la manada tanto como comenzaba a gozar de esa incomparable libertad que implica pasear sin ropa sobre la frescura de las duelas. Pero con el aviso del vigía la distancia entre los subalternos y mi soledad volvió a manifestarse. Los pretendidos sublevados ignoraron a partir de entonces sus inconformidades, pero dejaron de serme cercanos. Tras una revuelta incipiente, felices al arrojar las anclas, los marinos se dedicaron a dormir en espera del alba como si nada hubiera ocurrido, a bordo, en algún momento de la travesía.

Anunciaciones

Madrugada de junio del año en curso.

Esta noche, justo en uno de mis sueños brotaron anunciaciones entre la hierba fresca que se reproduce en estribor. Mientras la nave surcaba los mares polares, esquiva ante cualquier enfrentamiento con los restos de un deshielo onírico, avistamos no una tierra; sino tres o cuatro o muchas a un mismo tiempo. A mí esto me pareció un presagio (los ángeles que viajaban a bordo, simples mercantes, no le tomaron importancia). Como un concierto de genoveses en la búsqueda de las Indias inhóspitas, departimos jugando a esconder nuestros nombres tras elaboradas máscaras de carnaval. Pilas y pilas de libros sagrados construían referencias en el horizonte; mientras lejanos coros celestiales aguzaban nuestros sentidos. El orbe, en su imperfecta redondez, se estremecía con alegría. En la infinita posibilidad del sueño, no obstante, también es necesario la culminación de tareas: después de las libaciones y los ditirambos, zarpamos felices…Al despertar, entre los arrullos de un oleaje verídico, yo aún continuaba cantando.

La isla de los sueños salvajes

Villa Morgana, por la noche.

Cada solsticio se practica una extraña costumbre en esta isla que asoma por Oriente (allí donde los habitantes acostumbran el ascetismo), pues en las fechas referidas los *villa morganos* liberan las pesadillas a manera de gimnasia espiritual. En una ceremonia nocturna el sacerdote se encarga de correr los pestillos y los cerrojos de las celdas. Como bestias furiosas las pesadillas embisten los pensamientos de los ascetas, semejando en el asedio el vapor de una cacerola una vez que ha alcanzado el punto de ebullición. Pero la paciencia impide cualquier incursión de los malos sueños, cual poderoso escudo de cruzado en Tierra Santa. Los ascetas, que permanecen con los ojos cerrados, en una postura vertical pero relajada, consiguen en armonía desplazar de su mente las imágenes en que el soñante cae desde una almena mora; o donde la amada escapa en las grupas de un caballo del demonio; o aquéllas donde se es atravesado por un tiro de ballesta o devorado por un jabalí; incluso los sueños recurrentes en que se está sediento en medio de un oasis intangible. Después del acoso que se prolonga hasta las luces del alba, reina la voluntad de los ascetas. A las pesadillas, derrotadas y en franca humillación, no les queda más que emprender una huída decorosa para volver a la soledad de la prisión, donde a pesar de las incomodidades se sienten a salvo del desdén de sus pretendidas víctimas. Los habitantes de Villa Morgana regresan a la vida común esperando con ansias el próximo solsticio, sólo para volver a comprobar la fuerza invencible de su interior (al menos esto refieren, en un lenguaje cincelado, una pila de menhires que se exponen en aquellas playas).

Miro a los dragones

Península Occidental, primera luna de julio.

Miro a los dragones a distancia. Debo reconocer su figura risible: son tan anómalos que encuentro ausencia de armonía en ellos. Para justificar su comicidad bastaría juzgar sus cuellos largos y articulados, sus narices harto anchas y chatas. Me recuerdan la torpeza del mitológico *catoblepas*. Me he dado cuenta de que a pesar de sus blasfemias de fuego, de sus arrebatos de ira y la contundente amenaza de sus vuelos cruzados, los dragones son cobardes; pues se niegan a alejarse más de cincuenta yardas de los confines de la península. El cartógrafo sombrío, marino de experiencia, aclaró que estos animales prefieren mantenerse en grupos; parvadas de escamados tornasoles que nunca abandonan el nido. Aseguró también que jamás ha conocido bestias más arraigadas a su hogar, que sufran de forma más aguda los estragos del destierro. Menciona que la angustia a dejar el terruño se debe a un rumorado maleficio de los primeros cristianos que visitaron estas tierras; o quizás a su aversión a la convivencia con otras especies animales a las que consideran inferiores. Sabedor de su secreto me dedico a contemplarlos a estribor, ajeno al miedo. Los paisajes que contemplo semejan cuadros de corte renacentista, un paraíso atípico donde los seres alados se bañan a la ribera de un río caudaloso, o bien, juguetean entre las laderas. Mientras tanto la fragata circunnavega, grácil, esta tierra.

La noche de las ninfas

Archipiélago Catorce, latitud seis, longitud nueve.

Anoche fuimos atacados por las ninfas. Amparadas por la noche, con un cúmulo de fantasías insatisfechas y la impudicia que las caracteriza, se apostaron en la borda una vez que la nao encalló en los pantanos. Con salvaje desenfreno se despojaron de sus ropas; con paroxismo ofrecieron sus senos a la ansiedad de los marinos. También nuestros hombres encallaron. Ante los gestos lascivos de las hermosas mujeres despertó el convite de los cuerpos. La mitad de los hombres de la tripulación, convertidos en faunos, dejaron como testimonio de su deserción algunos objetos personales –gorros, dentaduras postizas, navajas y matraces-, y se internaron en las ciénagas arrasados por el deseo de poseer una ninfa. No saben que al concluir la semana habrán de ser decapitados por ellas. Los que sobrevivimos al ataque buscamos refugio en una montaña, temerosos de sucumbir a la tentación de la carne. Pasamos una noche amarga, esperanzados en partir pronto, agitados y húmedos ante el recuerdo de muslos voluptuosos, aromas dulces, pechos firmes y caderas redondeadas. Anoche nuestros cuerpos sufrieron un calor insoportable y los estragos de una soledad, que por célibe, nos pareció repugnante. Fue como arder en leña verde.

Vientos de peste roja

Puerto de Pangea, en proximidad al Meridiano de Greenwich.

El infortunio nos persigue. Al escapar de las ninfas navegamos hasta un puerto solitario. Guardando el velamen nos acercamos a la ribera. El murmullo de los sicomoros y la frescura de los nenúfares apresaron nuestro olfato; la escarcha en los abedules permitió que nos reconociéramos vivos. No podíamos imaginar la peste funesta que invadiría a la nave. Con la niebla vespertina arrancaron las primeras gotas de una tromba que tiñó de púrpura la cubierta, una lluvia malsana y poco común que aparece de vez en vez en las cercanías del meridiano de Greenwich, un pútrido aguacero que inició la peste entre los marinos que olvidaron guarecerse por imprudencia o por incredulidad. Con el transcurso de los anocheceres y la visita de una luna amarilla como pergamino, comenzó a manifestarse en los infectados la licantropía adquirida. Desempolvaron maletines olvidados en la oscuridad de la cava y en las rancias bodegas. Vistieron trajes oscuros, zapatos impecables. Pretendieron hacer jugosos negocios de cualquier insignificancia y bajo cualquier pretexto. Se convirtieron en mercantes ávidos de transferencias absurdas ante una caterva marina por la que no se podía apostar más de dos doblones. Por cualquier medio presionaban para firmar convenios mercantiles. Naturalmente, a cualquier señal de desaprobación sacaban las garras y amenazaban mostrando los colmillos. Los renuentes a las negociaciones fueron devorados uno a uno en banquetes donde abundaba la música de violines y el vino.

Harto de la situación, cansado de fingir interés en la compra de una barra de cobre o de los clavos de Cristo para mantenerme a salvo, aproveché la siguiente noche de luna llena. Actué en ejercicio de mis funciones como almirante, con la complicidad de los sobrevivientes al ataque de estos antropófagos. Fado el místico, el cartógrafo sombrío, Jano el portugués, los andaluces agrios, los turcos chismosos, los bávaros tribales, los funámbulos que persiguen el sueño de "El Dorado", el contramaestre, los juglares y los trovadores, todos ellos fueron parte del motín contra los amotinados. Encallamos el barco en un acantilado. Jano le prendió fuego a la nao aprovechando que los licántropos se habían entregado al sueño tras un festín donde se cenaron al gaviero. En lo más álgido del fuego, mientras los mástiles se derrumbaban y los velámenes semejaban teas gigantes, los aullidos de los que se quemaban nos recriminaron, durante la hora que duró el incendio, el sadismo de nuestra decisión. El olor a carne chamuscada y a retazos de cuerpos que al saltar por la borda fueron alcanzados por los tiburones invadió los alrededores. Incluso el espeso humo que se desprendió desde los muertos continuó contagiando el azul del cielo durante días. El recuerdo de tanta descomposición y la pérdida de nuestros marinos en el episodio nos condujo a adentrarnos a tierra para buscar una nueva embarcación. También necesitaremos más navegantes. Sin embargo, asesinar no es fácil. La pesadilla de un océano de fuego persigue a cada uno de los que sobrevivimos. Estamos avergonzados del acto cobarde. Nos cuesta trabajo dormir.

Nueva embarcación, nuevo rumbo

Puerto sin nombre, fecha sin revelar.

Soportamos, en las naves cargueras de aquel puerto, el dolor infligido por los látigos. Los capataces descargaban sus cayados sobre las espaldas curtidas por el terror y por el sol. Las desventuras, sin embargo, no parecían espantosas cuando imaginábamos los vientos alisios, la promesa del mar adentro. Doblones ganamos muchos en aquélla colonia a la que fuimos a parar en nuestro desconcierto; el resto lo robamos de la cabina de una goleta británica como revancha por el daño hecho a nuestros cuerpos. Huimos al próximo astillero y nos enamoramos de una fragata. Su ligereza ante cualquier ataque de corsario, la pulcritud de sus dos cubiertas y el desafiante diseño de su arboladura fueron razones que decidieron a su favor entre una docena de embarcaciones. La compramos y nos hicimos a la mar con presteza evitando alguna visita de la justicia. La tripulación que reclutamos resultó emprendedora. La embarcación surca las aguas con diligencia. Todos a bordo largan el trapo, izan las velas, pulen el puente con la alegría de los resurrectos. Miro a Occidente. Se divisan nublados. El horizonte promete sorpresas detrás de los grises cortinajes. Por el momento hemos recuperado la libertad.

Donde la fealdad gobierna

Hacia el Noroeste.

Llegamos a una península donde la fealdad gobierna. Al principio nos horrorizaron los miembros tumefactos, las escoriaciones, la mutación en la piel de los nativos. Pero de manera gradual, una vez establecido el trueque de nuestras sedas por sus joyas, les fuimos perdiendo el asco. Un día la curiosidad nos condujo a mirar en los espejos rústicos de la aldea. Nos descubrimos alados y hermosos aunque con el ceño fruncido y la mirada iracunda. Atónitos comprobamos que las alas sólo existían en el espejo, aunque lo sombrío en la mirada podíamos constatarlo fuera de la superficie del azogue. Las alas se marchitaron conforme transcurrieron los días; la soberbia en la que nos regodeábamos -seres radiantes, perfectos ante el trato con los originarios- fue desapareciendo. Una mañana se nos comenzaron a caer los dientes. Supusimos un ataque de escorbuto hasta que algunos perdieron la lengua y los labios. Luego se nos manchó el rostro con arabescos y entonces, alarmados, emprendimos la fuga entre una tumultuosa y cálida despedida de los feos. Al llegar a altamar atendimos al espejo. Nos percatamos de que se trataba de un encantamiento o de un engaño porque aún con alas o presas de escoriaciones nunca dejamos de ser normales, sea lo que eso signifique. Ahora miramos a los feos a lo lejos. Ellos nos contemplan. Puedo comprender la grandeza de sus almas, ajena a las mutaciones de los cuerpos. Sin embargo, reconozco que es imposible descifrar el significado de este encuentro.

Acerca de una caverna

12 de septiembre; luna menguante.

Llegamos al otro Cipango en la búsqueda de un tesoro, siguiendo un mapa de Marco Polo que algunos consideran apócrifo. En el mapa el navegante veneciano menciona un secreto que llenaría de asombro a los reyes más exigentes. No puedo describir nuestra perplejidad una vez que, al descender una ladera interminable, entre estalactitas y estalagmitas encontramos una visión extraña:

En el fondo de una gruta un anciano de ojos rasgados, de cejas canas, con el torso desnudo y luciendo una melena de león permanecía sentado sobre un loto gigantesco. El loto, a su vez, flotaba sobre un lago de aguas reposadas. Buscamos cualquier destello de oro, cualquier fulgor de diamante o de turquesa en la oscuridad de las rocas iluminadas por antorchas. Nos llevó tiempo descubrir que estábamos en las catacumbas más originales de las que alguno tuviera memoria. Las tumbas poblaban el techo de la cueva, rudimentarias. De entre los escurrimientos de la bóveda sobre nosotros asomaban aldabas discretas que indicaban la presencia de féretros innumerables; se alineaban en hileras en todas direcciones hasta desparecer de nuestra vista en el capricho de las sombras. De pronto uno de los cerrojos cedió ante el peso del contenido. Vimos caer un cuerpo de manera descompuesta. Después del estruendo el cadáver se perdió en la tranquilidad de las aguas del lago. El abuelo oriental pareció despertar de un trance; presuroso se armó de un tintero y una pluma de pavo real que sacó no sé de dónde, e hizo algunas anotaciones sobre un papel. Después volvió a quedar absorto en la disposición de las tumbas aéreas. Lo contemplamos meditar largo y tendido, tratando de comprender algún fenómeno que parecía fuera de su alcance y del nuestro. Durante los minutos que permanecimos en el interior de la cueva fuimos testigos de una decena de cuerpos que visitaban el agua en momentos aleatorios. Una vez que los cuerpos eran devorados por las olas, las tumbas volvían a su posición original como si funcionaran por medio de una maquinaria impulsada por un resorte. Fado, el místico que gusta de los enigmas (y quien acostumbra leer el Tarot en noches de ocio), sentenció con desesperanza que no existía tesoro alguno. Al menos no de la manera en que nosotros, hombres materiales, intentábamos encontrar. "La clave del acertijo está en el desasosiego de su oficio"-nos compartió- "El viejo está tratando de encontrar un patrón en la azarosa caída de los cadáveres. No sabe que gastará la vida en el intento porque lo que a nuestros ojos se presenta no es más que una metáfora de la muerte y sus designios: no hay cifra que permita calcular la fecha en que habremos de dejar nuestro espacio en la caverna".

La sentencia de Fado causó una incomodidad insoportable. Algunos se negaron a aceptar esa explicación. Husmearon entre las piedras salitrosas. No encontraron indicio de riquezas y lo cierto es que parecían intimidados ante la posibilidad de que pudiera caer, socarrón, un muerto sobre sus cabezas. No toleramos más. Resbalando sobre los troncos húmedos de la ladera salimos del antro, torpes y a empellones. Nos negamos a recordar el episodio porque cualquier alusión al mismo nos llenaba de una angustia pueril. No mencionamos ni una palabra en nuestras libaciones de ron ni mientras nos tendimos sobre los camastros a fumar opio. Mucho menos en la baraja alineada por Fado cuando nos leyó el Tarot, aparentando la simpleza del azar en las cartas manipuladas por sus manos.

Navegación perpetua

Mar Estático, 3 de Octubre.

Circunnavegamos el Mar Estático. Se trata del placer de no permanecer. Desplegamos velas, la fragata dio bandazos a babor y a estribor con el júbilo de los vientos. Somos niños otra vez. El periplo precisa cierto límite pero somos libres. Mientras un grupo de juglares adolescentes alborota con el tañido de sus panderos entonando rondas de ebrios, un par de trovadores se ha encargado de iniciar sobre cubierta una guerra a baldazos de agua. Empapados, primitivos, reímos allí donde la improvisación vence a la ciencia de cualquier sextante. Gozamos del sol y de su agonía. En cuanto el alba retorne a la quilla volverá la cotidianeidad de verificar amarres y calafatear la armadura. Por lo pronto hemos reafirmado la necesidad del azar y el movimiento en nuestras vidas, en contraposición a la incertidumbre de la muerte. Me envolvió de nuevo el deseo de integrarme, de ser un grano feliz en una playa cualquiera.

El llanto de las mandrágoras

Peña del Abandono, ubicación sin revelar.

L as mandrágoras son, en principio, amorosas. Seres complejos que pugnan por ganar territorio, y que en estas batallas demuestran un aspecto afectivo, pues los espacios que consiguen en su lucha sirven para consolidar un nido de amor, un tálamo vegetal al calor de las frondas vecinas. Plinio Apuleyo en uno de sus tratados más misteriosos y menos reconocidos, *De botánica y erotismo*, describe sus aproximaciones a dicha especie con expresiones de admiración. Estoy convencido de que arribamos a las tierras que Plinio visitó en sus numerosos viajes, donde se encontró con la planta. Atzabel (un misterioso alquimista que se anexó a la expedición cuando compramos la fragata), comprobó por accidente la monogamia de las mandrágoras: al levantar un pedazo de esta tierra húmeda y fértil (no mayor a una vara cuadrada) pudo evidenciar cómo las raíces de estos seres se agitaban en un ritmo frenético. Nos dimos cuenta de que a pesar de ese amasijo de raíces que disfrutaban del contacto entre sus tallos (deleitándose con roces sutiles o desesperados), al final las mandrágoras permanecían unidas en parejas, sujetándose firmemente a una raíz -y sólo a una- que habían escogido, y a la cual permanecían afianzadas leales a pesar del bullicio aparentemente lascivo de la comuna.

Entonces todo cambió: dada su oscura naturaleza Atzabel fue capaz de uno de los actos más atroces que he presenciado, pues en un solo movimiento arrancó a una de aquéllas plantas del montículo de tierra. La otra raíz, su compañera, lanzó terribles aullidos de dolor que se prolongaron en llanto. Los ejemplares de esta especie, ahora puedo entenderlo, lloran cuando se ven alejadas de su amante. Reprendí al alquimista con dureza; éste se excusó alegando fines de investigación y ciencia. La pobre planta que subió al barco, frágil, cobró de pronto una forma semihumana dentro de la botella a la que se le confinó. En su raíz enroscada pareció labrarse un rostro triste. Al tercer día de navegación murió, víctima de la depresión. Atzabel vino a mi camarote la tarde de anteayer para confesar cuán apenado estaba por haber roto de forma grosera el sagrado vínculo de las mandrágoras. Presintiendo haber violentado la armonía y el orden de algo inexplicable, el alquimista desapareció anoche aprovechando las olas y la tormenta que arremetieron a la fragata. No sabemos si atribuir su desaparición a un remordimiento suicida o a un destierro voluntario valiéndose de sus artes. Lo cierto es que no volvimos a saber de él. Después del episodio, solidarios con una flora cariñosa, pactamos con sangre desaparecer todo mapa u orientación que permita alguna pista, por insignificante que sea, para encontrar la peña de las mandrágoras. De esta manera evitaremos mayores atrocidades en contra de la pasión y la ternura.

Visita a la ciudad de las pesadillas

(Interactuando con un texto de E. Arana)

Estrecho desconocido, Otoño.

Antes de que el sol se ocultara, Fado el místico -en un trance donde recorrió el puente de mando contando justo trece pasos y ninguno más- profirió algunas palabras que asumimos provenían del reino de lo oculto. Se mecía sobre la cubierta como una boya a la deriva, sonámbulo; mientras describía en voz alta aunque melodiosa las visiones que irrumpían frente a él. Así nos habló de una villa enorme, una comarca de piedra y acero poblada por millares de habitantes que semejan parvadas de cuervos tristes contenidas por entramados de palos con formas de pajarera. Luego mencionó, en un arrebato, una serie de invenciones imperfectas pero poderosas: manadas de niños que encienden una hoguera mientras se tatúan el rostro; una mujer del desierto columpiándose sobre un angosto puente fabricado con amarres de telaraña; silenciosos peregrinos que fuman soledad en un camino. Entre las imágenes que Fado invocó, capturó nuestro interés aquélla de una mujer semidesnuda, quien oprimiendo un cuchillo entre los muslos invitaba a su vecino a apagar la luz para seducir a la muerte. De pronto, como si se tratara de un muñeco dominado por un titiritero, el místico retrocedió justo los trece pasos. Una vez llegado al punto de partida, abrió los ojos con desmesura y se desplomó sobre los tablones. Tuve la certeza de que no imaginaba por su cuenta. Como si se tratara de una intersección de caminos, uno de esos cruceros que habita Dios o el Diablo, Fado había intervenido las ficciones de otro soñante. La ciudad de las pesadillas que describía, estoy seguro, respiraba en la sorpresa de otro que alucinaba tales historias. Así, del otro soñante desconocemos el nombre y el rostro, más no la tesitura del alma y la coloración de sus angustias cotidianas.

Presagio

Taberna de Hades, madrugada del 2 de noviembre.

Apenas arribamos a este puerto decidí otorgar una semana libre a la tripulación. Hemos vivido sucesos asombrosos que nos han mantenido en expectación constante, y pensé en distraernos bebiendo unos buenos toneles de vino y disfrutando del calor de unos muslos de mujer. Aunque esta noche, al beber mi cuarta copa (mientras retozaba en el cuello largo y delicado de una mulata que huele a rosas) se adueñó de mí una inquietud inexplicable. Decidí alejarme de la taberna, incómodo ante la gritería de los marinos que semejan una jauría de perros abandonando el cautiverio. Seguí la escalinata de cedro hasta llegar al tejado. Desde allí, recargado en una cornisa, escuché rumores de un hostal vecino. La noche era cerrada. Un cúmulo de nubes si bien no anunciaba tormenta tampoco permitía el paso de la luz de la luna. Decidí liar y fumar un rollo de tabaco. No bien había raspado la cerilla contra un muro cuando el rollo resbaló desde mis labios: arriba de mi cabeza un galeón enorme se abría paso entre nubarrones, como Moisés en medio del Mar Rojo. Al paso de la embarcación las nubes se dispersaban hacia los cerros vecinos imitando la cadencia de un oleaje. El galeón impuso su monumentalidad ante la Vía Láctea. Aún no terminaba de recuperarme de la sorpresa cuando una segunda visión me cautivó: sobre el puente de ese barco una mujer hermosa, vestida a la usanza de un corsario, ostentaba con elegancia un sombrero de pico. Sus cabellos largos y castaños ondulaban al viento enmarcando un rostro del que destacaban los ojos del color de la miel. Su cuerpo afianzado a las amarras, echado adelante y heroico, destilaba sensualidad. Quedé atrapado en su misterio. Ella, en cambio, me contempló con ternura. Su mirada me desconcertó; luego, el desconcierto se transformó en angustia pues en cada una de las pupilas de la bella distinguí, puro, el emblema de la muerte. Fascinado, aunque temeroso, perseguí la mirada de la corsaria hasta que el navío se internó en el horizonte. Esta noche, a pesar del calor de las sábanas y del cuerpo de la mulata que duerme en mi regazo, no puedo olvidar esos ojos que me invitan, con la precisión de la mejor relojería, a las profundidades del destino.

El estrecho de los espejos

Mares remotos.

Hace más de un mes dejamos tierra firme. Ahora los espejos nos envuelven en este Estrecho que cruzamos, vigilantes, casi atascados en un tráfago de embarcaciones que buscan franquearse el paso de un hemisferio a otro. Entre los navegantes se cuenta que dicha muralla de azogue (donde los barcos se multiplican por centenas) es producto del trabajo y la paciencia de un hierofante quien la construyó para protegerse de la ira de un dios. El hierofante, según esa versión, nació de una pesadilla de dicha deidad, y aprovechando la ruptura entre el mundo posible y su alterno, salió a probar fortuna. Cruzó el umbral del sueño para volverse de carne y hueso, subió a una barcaza y remó durante siete meses sin detenerse a dormir para alejarse de la venganza que la deidad pudiera ejercer en cuanto despertara. Una vez que llegó al punto donde los dos hemisferios de la Tierra se interceptan, ideó construir este pasadizo de reflejos que a la distancia parece una simple continuación del oleaje.

Alguien comentó una vez al sacerdote que de nada valía esconderse, pues una vez que aquel dios abriera los ojos nada podría garantizarle seguir con vida. Él se limitó a asentir mansamente considerando la sabiduría de un pensamiento que ya había fabricado muchas veces.

Tal leyenda es poco confiable, desde luego. Pero la probabilidad de que el hierofante nos vigile al cruzar (a través de la hendidura de un espejo), no deja de ser perturbadora. Tan perturbadora como la posibilidad de que aquel dios remoto despierte en el instante menos pensado para hacer pedazos, en un pestañeo, al sacerdote y a su Estrecho de espejos.

La ceiba de los Narcisos

Selva desconocida, Semana Santa.

D escendíamos para tomar posesión de esta selva, a nombre de sus Altezas, cuando fuimos atacados por una horda de indios que se desprendían de las ramas de los árboles, o que emergían desde pozos cubiertos por hojarascas. Con la sorpresa del asalto muchos de mis hombres salieron en desbandada, tratando de cubrir inútilmente sus cuerpos de una lluvia de flechas que les atravesaron los pulmones. Vi caer a mis expedicionarios entre gritos de triunfo de los salvajes.

En un acto instintivo, decidí arrojarme desde lo alto de un risco sin saber qué me reservaba el precipicio (pensé que sería menos dolorosa la caída que la agonía entre los dientes de aquéllos antropófagos). Al final del salto, por fortuna, me aguardaban las aguas de un lago. Durante segundos que parecieron eternos me sumergí en una completa oscuridad, sólo para salir gracias al empuje de las aguas. Nadé hasta alcanzar la orilla. Allí en un claro, ajena a la vecindad de cualquier otro árbol, reposaba una ceiba cercana a los novecientos codos de diámetro. A sus pies corría un arroyo transparente al que por algún encantamiento se antojaba asomarse de manera compulsiva.

No pude resistir el impulso. Al buscarme en sus aguas, en el reflejo que devolvía la corriente fue imposible reconocer mi rostro. Podía distinguir mi sombra, la silueta que conformaban mi cabeza y mis hombros, pero mis facciones y mi expresión eran imprecisas. Me asaltó el pánico. Comencé a manotear sobre la superficie. Ante los golpeteos la imagen se multiplicaba en figuras atemorizantes que eran yo y no lo eran, al mismo tiempo. No era un Almirante; sino muchos Almirantes que conformaban la imagen de uno solo, ése a quien me era imposible acceder. Me senté al pie de la ceiba, exhausto. Los hombres que me rescataron insisten en que yo no dejaba de gimotear, de ocultarme de mis muchas sombras, de negar nombre y apellidos. No puedo asegurar qué es lo que ocurrió, pero ahora que he vuelto a ser yo mismo (o lo que eso signifique), no me ocupo mucho de pensar en ello.

Historia de caballerías

Escribo, por tanto, acerca de lo que ni vi, ni comprobé,
ni supe por otros y, es más, acerca de los que no existe en absoluto
ni tiene fundamento para existir.
Luciano de Samosata

L as sorpresas de los puertos son infinitas. Hoy, veintitrés de Abril; poco después de un año de viaje sucedió un encuentro inesperado. Justo al mediodía un trozo de un mundo extraño apareció ante nosotros; una isla de marcada firmeza que podría confundirse con la boca de algún continente. Reconocimos, sobre una loma retorcida del islote, el porte y desafío de un caballero que destacaba por los fulgores de sol en su armadura. Montaba un corcel al que dosificaba el coraje mediante sutiles llamamientos de brida. Se trataba -según apuntó nuestro cartógrafo- del mismísimo Amadís de Gaula, de quien tanto se rumora en libros y folletines.

Por un momento nos incomodamos ante la presencia del personaje; más conforme arrimábamos la embarcación a la escena nos dimos cuenta de que Amadís no parecía notarnos. Por el contrario se concentraba en vigilar una hilera de casas que descansaban en un valle próximo; un villorrio de tejos remendados, de paredes humedecidas por los contenidos de bacín que los habitantes arrojaban por las estrechas ventanas. En ese poblado, mientras la fragata rozaba los abrojos de un terraplén; emergió de entre las casuchas un desfile de personajes que no nos llevó mucho tiempo reconocer. Bajo el dintel de una sencilla biblioteca —que disimulaba una fachada barroca-, el malévolo encantador Arcalús presumía el libro más reciente de la saga caballeresca. Mientras tanto, Urganda la Desconocida, hechicera y protectora de

Amadís (cuyas profecías afectan las acciones de los demás), disfrutaba a mitad de una plaza danzando sobre una pira de leña húmeda. Por Oriente, apostados como fortalezas, dos rudos gigantes dormitaban en espera de un desafío. Hacia el Sur (donde se presume el fin del globo terráqueo), una curiosa cámara que sube y baja, semejante a una viga lagar, causaba el asombro de Tirante el blanco y de Palmerín de Oliva. En el Norte, melancólico, Tristán cantaba acompañado por un laúd plañidero la pérdida de su amada Isolda, y los trabajos que le esperaban al intentar recuperarla.

Nuestro navío pasó de largo ante tales pasajes. En un adormecimiento casi onírico, como si una escenografía del *Teatro de los sueños* desfilara ante nuestros ojos, vimos desaparecer a Amadís y su villorrio...

Pienso entonces en un frágil caballero de flaco rocín y adarga antigua contemplando la escena bajo la mirada de un Alonso Quijano lleno de asombro. Es probable que más allá, en los umbrales de una mazmorra salitrosa, el manco de Lepanto se dé a la tarea de crear mundos a la sombra de una presencia, quién sabe si funesta o benévola, quién sabe si de Cide Hamete Benengeli o de alguien más misterioso que no deja de escribirlo, mientras llena con la tinta de su apremio cientos y cientos y cientos de páginas memorables.

Los grifos pueblan los campos

Puerto Deseo, primer día de mayo
después del primer año de viaje.

Levamos anclas porque aquí no encontramos cosa que despertara nuestro interés, excepto un par de columnas de humo
escapando entre palmeras o los repentinos vuelos de pericos
salvajes. Sin embargo las apariencias engañan. Uno de los juglares a
bordo reveló que estos territorios tienen fama de impredecibles, pues
las montañas mantienen sus cimas níveas gracias a un secreto macabro.

-Lo que domina en la cima —advirtió el juglar-, y que cualquier
extranjero confundiría con hielo, es en realidad un apilamiento de
osarios humanos. Una raza de grifos acostumbra raptar nativos para
triturarlos con sus garras y devorarlos en el punto más álgido de las
rocas, abandonando sus huesos allí. Los que no son muertos por los
grifos, son raptados por salvajes y son sacrificados en rituales. Contrario a lo que pudiera pensarse, los hombres de este lugar están de
acuerdo con su triste función de víctimas, no se rebelan ni se tiran de
los cabellos.

Esta tierra perece ante la violencia. Es un hecho que entre salvajes
y grifos habrán de asesinar a todos los habitantes sólo para morir de
hambre después, o para extinguirse al devorarse entre ellos. Con pesar,
noto que el comportamiento de estos habitantes y de sus predadores
me recuerda a aquellas relaciones que se establecen entre ricos y pobres
en muchas otras comarcas del mundo.

La octava maravilla del mundo

El nuevo gaviero advirtió el prodigio: de entre la lluvia emergió el Faro de Alejandría. Sabíamos que el hecho resultaba imposible pues nuestra ruta de ninguna manera se acercaba a Egipto. Los turcos defendieron la versión de que cada lugar posee un reflejo. Según ellos, Venecia podría replicarse en alguna ciudad de un continente desconocido, el imperio romano podría encontrar su gemelo en el futuro, y este faro era idéntico a aquél clasificado por Antípatro de Sidón como maravilla del mundo. "Esta Alejandría es sólo una copia", garantizó uno de los turcos meciéndose las barbas en un gesto que levantaba sospechas (conocida su fama de mentiroso). Entonces sucedió que un terremoto sacudió el Faro ante nuestros ojos, agitando las aguas. Una inmensa nube de humo se levantó en el aire impidiendo la visión. Imaginamos, indignados, el derrumbe de la torre de más de ciento diez yardas, destrozándose piedra a piedra contra el suelo rocoso ante el desconsuelo de los sueños de Ptolomeo I y Ptolomeo Filadelfo. Imaginamos la próxima crueldad de las teas y el crepitar del fuego sobre los pergaminos llenos de conocimiento, la brutalidad que provocaría el incendio de la nueva Gran Biblioteca. Recordé las otras maravillas antiguas y reflexioné acerca de sus réplicas, ¿dónde estarían ahora las pirámides de Gizeh, el probable coloso de Rodas, la belleza y proporción del templo de Artemisa y la nueva estatua de Júpiter?, ¿a dónde la fascinación de un segundo mausoleo, el esplendor de otros jardines colgantes? En un acto simbólico arrojamos al mar un tratado de Aristóteles sobre *Ética y Arte*, en memoria de lo perdido. Después, aún con los ojos llorosos, continuamos la travesía dejando atrás la bruma del derrumbe.

El amor
es una isla insoportable

Puerto de Eros, archipiélago desconocido.

Ella se encargó de cuidarme una vez que, contagiados de fiebre, tocamos tierra. Me asiló en su palacio de cantera pulida, bajo sus bóvedas; entre largos corredores y amplias habitaciones. Me procuró abrazos hasta que sané. Agradecido reí con sus bromas simples, desnudé mi cuerpo entre sus sábanas, probé sus pechos voluptuosos, su cintura breve, aspiré el perfume de su piel (atento a cualquier fantasía suya en noches de gozo). Me olvidé de la tripulación. A lo lejos se asentaba el campamento donde ella permitió que mis hombres se instalaran para erradicar la enfermedad. Me volví egoísta ante la preferencia de la anfitriona, desapareció mi interés por los otros enfermos. La isla, sumida en el letargo, parecía contagiar un efecto de indolencia. La servidumbre de la mujer era discreta, lo que volvía al lugar solitario, y distantes a mis pensamientos. Habrían pasado dieciséis o diecisiete lunas de caricias impregnadas de incienso, de sumergirme en los tatuajes de su cutis bronceado, cuando a ella se le antojó hacer el amor en una hamaca que colgaba en la terraza. En el momento en que nos fundíamos en el gemido del orgasmo, con el contacto de la brisa de la playa volvió la inquietud del océano a mi corazón. Mientras recargaba, dócil, mi cabeza en su vientre, me di cuenta que terminaría por volverme perezoso entre los manjares y placeres que se me ofrecían. El mar, en cambio, tenía un aroma incitante. Repudié las camisas de seda fina, de brocados orientales. Mi único fin era volver al mar. Ella se dio cuenta. Me dijo que la mirada triste me denunciaba, que mientras dormía no dejaba de confesar mis fervores de navegante. Mandó construir una jaula de oro macizo donde me hizo encerrar. Con una serenidad aterradora aseguró que yo le pertenecía como cada bestia que se pastaba en los huertos de su mansión, como cualquier cerdo que *marranaba* en sus pocilgas. Le juré que estaba equivocada, que yo había dispuesto envejecer con ella, dormir cada madrugada en su lecho. Al oír mis palabras, se lanzó feliz a mis brazos urgiéndome a que no aplazáramos la eternidad, rogando le permitiera construir un gran sepulcro en el que nos emparedarían juntos. No dejé de alabar la idea pero entre rejas, arrinconado, tramé mi escape. Conseguí la ayuda de una joven mucama a la que prometí libertad. Al principio fue evasiva, pero pronto se mostró complacida con la idea. Días después, valiéndome de un catalejo que me hizo llegar la mucama, conseguí comunicarme con mis hombres empleando un código de reflejos. La tripulación me hizo saber que la fiebre había desaparecido. Por la noche, con la complicidad de la sirvienta conseguí la llave de la jaula. Zarpamos bajo un sigilo absoluto. Contento, abracé a cada uno de los sobrevivientes. La joven no dejaba de agradecer, con euforia desmedida, que la alejáramos de ese lugar. Confesó la sospechosa longevidad de su antigua dueña, sugiriendo en ella dotes oscuros y hechicerías. Advirtió que de no haber escapado a tiempo, aquella mujer habría terminado por convertirnos en cerdos. Intuí que con mi partida, la hechicera caminaría melancólica hasta el patio principal para recargarse en la albarrada, suspirando mi ingratitud. Contemplaría el rompimiento del oleaje contra los cimientos del palacio, disfrutaría del vuelo de algún albatros. Luego volvería a lo suyo, ansiosa, en su puesto aguardaría la visita de un nuevo náufrago a su lecho, como lo había hecho conmigo, como lo viene repitiendo desde hace siglos. Por mi parte, debo reconocer que durante tres noches me asaltaron sueños estúpidos donde me imaginaba feliz a su lado. Y más de uno de mis marinos jura, que entrada la madrugada, me oía repetir su nombre sin recato: Calypso, mi hermosa Calypso.

El espacio y el desasosiego

Fecha sin importancia.

Jano el portugués subió a la proa. El gaviero dormitaba y el timonel fingía estar alerta aunque era evidente que sus pensamientos apuntaban lejos de crujías y mares. Me acerqué al sextante que yo había colocado en cubierta por obsesión: el instrumento había perdido rumbo o referencia. Acudí al astrolabio que guardo entre mis ropas. También parecía haber enloquecido. Seguro que el cuadrante y la ballestilla tampoco serían de utilidad; en ese momento caminé hacia la borda, alarmado. Entonces, justo en el primer fulgor que emiten los rayos de sol, pareció abrirse una brecha. La luminosidad me hizo cerrar los ojos. Al abrirlos, me quedé sin habla. Me hallaba en un espacio tibio y pacífico, como si me hubiese hundido en las aguas del vientre materno o en el ojo de un lago en el que se podía no sólo nadar, sino levitar sin percibir ahogo. Debajo de mí no había nada. Sobre mi cabeza tampoco. No había colores ni formas. No había sonido. Flotaba sin que pudiera encontrar referencia a la cual asirme. ¿Cuánto tiempo había transcurrido mientras exploraba la sensación de extender mis manos buscando topar con algo? ¿Un par de minutos, algunos meses? De alguna manera yo ya no era yo. Experimenté la sensación de permanecer en una muerte serena, si tal fenómeno existe. Arriba y abajo, adentro y en rojo, cerca, azul y eterno, espiritual y permanente. El Caos, la noche, la respuesta y la interrogante. Todo lo era yo. Volví en mí gracias a las sales que empleó el contramaestre para recuperarme. Cuando me encontraron debían haber transcurrido veinte o veinticinco minutos. Me había derrumbado sobre cubierta. Nadie creyó mi historia. Incluso los turcos me miraron como si hubiera bebido el vino de las barricas que viajan a bordo. Algunos atribuyeron el episodio a la venganza de la bella Calypso. Pero Jano, que fue testigo del acto desde su posición en la borda, declaró que yo me había encontrado con "la gran ballena de luz":

-Es un animal raro —comentó Jano-, similar a un rayo que acostumbra confundirse con la mañana. Es antiquísimo. Los que sí creen ven en la ballena un símbolo de Jesucristo, como el león y el águila, si son cristianos. Los moros la consideran un puente entre el mundo material y el espiritual, y dicen que en su frente está labrado el nombre de Alá. Los homicidas juran que es el diablo, y los que aman la muerte se imaginan flotando en un vientre materno.

Agradecí el socorro y las referencias de Jano, pero me negué a narrar detalles. Me encerré en el camarote para meditar. Comprobé que la normalidad había vuelto al astrolabio y al sextante. Sin embargo, mi rostro guardaba un secreto, y en mi cabello asomaban cuatro o cinco canas nuevas que no estaban allí antes.

Carroñero

Anotación urgente, inicio de semana.

Se armó un escándalo terrible en los camarotes. Un mozalbete flaco (uno de los juglares adolescentes), fue sorprendido hurtando las pertenecías de los marineros. Al registrarlo fue apareciendo de entre sus holgadas ropas gran cantidad de objetos: un candelabro de plata, unas calzas nuevas, una gallina parda, un compás, varias cartas de navegación, una rata muerta, una Biblia y un ejemplar del Corán. Algunos objetos fueron reconocidos por integrantes de la tripulación, otros fueron asignados para sacar ventaja. El resto de las pertenencias no tenemos idea de dónde provenían. Cuando se vio descubierto el chico declaró que ese tipo de robos no tenían importancia, pues a él lo que le interesaba era ser un carroñero de memorias. La explicación que dio fue desconcertante.

-No soy un saqueador vulgar —se defendió-. Yo robo memorias. Uno cruza los burgos, atraviesa las campiñas. Hay casas abandonadas a causa de guerras o incendios. Esas ruinas, entre madreselvas, son la oportunidad de ejercer mi oficio. Me interno entre sus muros, apoyo mi mano en las paredes o en la madera de las puertas desvencijadas. Capturo los recuerdos de quien allí habitaba. Lo absorbo y lo digiero todo: los cánticos, las lágrimas, el desengaño, las cartas de amor y desamor, el abandono, las ilusiones de maternidad, las páginas de novelas leídas al pie de la chimenea, el olor de los leños, la ira de un padre, la ternura de un abrazo. Robo cada pieza, cada elemento. Las memorias forman una colección de hechos que nunca viví, que no tuve; pero que ya me pertenecen. Así voy construyendo, yo un huérfano vagabundo, el pasado que necesito.

Sobra decir que, aterrados ante la idea de que pudiera apoderarse de nuestras vivencias, decidimos abandonarlo a su suerte en una lancha que tiramos al mar, a toda prisa, deseándole la mejor de las suertes. La sirvienta de Calypso, perdidamente enamorada del ladrón, decidió seguirlo en su incierta travesía. Espero que respete sus memorias.

La letra en llamas

Sin rumbo, por la tarde.

—En un viejo monasterio se encuentra un libro que aborda las inclinaciones del hombre y su gusto por la crueldad. Lo han leído emperadores, nobles, y uno que otro señor venido del vulgo. Es un tratado sobre la manera de sojuzgar reinos. No ha sido prohibido por la iglesia porque ésta finge desconocerlo. Lo particular del libro es que produce una curiosidad malsana que rebasa la prudencia.

Tales fueron las palabras del cartógrafo en la tercera tarde de historias sobre cubierta, matando el tedio.

-¿Quién es al autor de ese libro? —pregunté, interesado hasta los huesos.

La mirada del cartógrafo se tornó sombría. Engoló la voz sabiendo la importancia de su revelación:

-Es un libro escrito por todos y por nadie. En realidad, sus páginas permanecen en blanco, inmaculadas. El objeto posee un don que permite al lector y a lo leído convertirse en una sola entidad. De esta manera, los conocimientos acerca del poder y del mal que guarda el lector aparecen vivos en las páginas revelando las más bajas pasiones, los trucos más sangrientos, las peores perfidias elucubradas por su mente. Se lleva la imagen de los interiores imaginarios retratados en la memoria. Días después, se le aparecen las letras de lo leído bajo una tormenta de fuego. El lector enloquece, el incendio que habita sus pensamientos lo consume.

Si bien tenía preguntas por hacer (y en verdad eran muchas), decidí no saber más del asunto. Preferí beber. Pedí tanto vino que tuvieron que llevarme a rastras hasta el camastro. Si algo he aprendido en las conversaciones con el cartógrafo es que es mejor no ahondar en lo inexplicable. Además, el poder no me seduce.

La botella de la nostalgia

Por chismes de los turcos supe que uno de los funámbulos es un alma sensible, pues conserva entre sus pertenencias el obsequio de una novia que ha guardado con la persistencia del oleaje. Ese regalo es una botella. Una tarde, ella cantó en el interior del envase un romance que aprendió entre gitanos. Ese canto quedó registrado, de manera eterna, entre el vidrio y el corcho. Cada vez que le invade la nostalgia, el funámbulo destapa el corcho para escuchar esa melodía, y se olvida por un momento del deseo de riquezas y de encontrar "El Dorado". Cada vez lo hace con menos frecuencia. Una vez le pregunté por qué, y su repuesta fue inteligente:

-¿Para qué seguir atormentándome, Almirante? –contestó con nostalgia-, el canto dentro de una cosa no puede compensar la tersura y el calor de quien amamos.

Por los mares de la duda

Día sin fecha, mes de olvido.

Más de la mitad de los hombres me han hecho saber que han decidido poner fin a este viaje. En calidad de almirante de la fragata y como embajador de sus majestades, mi obligación debió ser abofetear al portador de tan vergonzosa noticia antes de reprender al grupo, dada su puerilidad e irreverencia. Más, en honor a la verdad, la idea del retorno no me pareció imprudente. Después de todo, nuestra empresa debía significar la conquista de nuevas tierras, la explotación de minerales preciosos y la evangelización de salvajes; en cambio sólo hemos recolectado episodios asombrosos que dejan mayor provecho al alma que a las arcas. No sé qué aportación tengan estas líneas para quien las lea, pero presiento que tras la tinta hay respuestas al origen y la permanencia de mujeres y hombres sobre la Tierra. No volvemos con las manos vacías sino con nuestras memorias como tesoros (aunque no sé si el valor de estas premisas es mayor al de cualquier diamante o rubí). Pasé la noche retorciéndome en las sábanas, meditando si convenía proseguir la aventura o era tiempo de dar marcha atrás para no arriesgar un segundo barco. Venció la decisión de concluir la travesía. Así que una vez instalado en el puesto de mando, víctima de la jaqueca tras una noche de insomnio, yo mismo torcí el timón a babor en un movimiento que estuvo a punto de lanzar por encima de la baranda a uno de los trovadores. Las miradas de la tripulación, aunque solidarias, acusaban desconcierto.

La nada

Después de la bruma acecha la nada que se instala en los corazones ateridos de frío. Con esta suman siete las jornadas en las que no vemos más allá de una espesa niebla. El fenómeno es tan poderoso que, incluso dentro del navío, uno corre el riesgo de errar de camarote, provocándose con ello más de una riña a cuchilladas o el encuentro entre dos tripulantes con inclinaciones femeninas. Pero más allá de estos enredos terrenales la bruma representa para quien escribe esta bitácora una metáfora de la duda ¿Se trata de un presagio? ¿Deberíamos volver? Cualquiera que sea la respuesta sólo lo neblinoso responde. Desaparece la certeza. Al gaviero, encaramado en el mástil mayor, le he visto llorar en silencio.

Mar tenebris

Mar hostil; tiempos infames.

A nte la sacudida de la fragata el gaviero dejó de llorar. Habíamos chocado con algo. Desde su puesto, sonando un tamborcillo de hojalata dio la señal de alarma. En una lengua que sólo uno de los bávaros pudo descifrar, casi dando alaridos, el gaviero afirmó que nos hallábamos en la *Mar tenebris*. Recibimos mal la noticia, se nos heló la sangre al sabernos en la zona de la que tanto nos habían advertido. La presencia de seres mitológicos que podrían pulverizar el barco impidió expresar palabra alguna. Aunque todos sabían que los instrumentos de orientación se hallaban paralizados nuevamente, asumí como un error imperdonable el perder el rumbo por causa de la niebla. Era culpa mía. Debía rescatar a mis marinos de la muerte, pero no encontraba la manera de hacerlo ¿Qué había ocurrido? Con más de dos décadas como navegante no había forma de perder la referencia de la estrella polar, jamás me había sucedido. La única explicación era que la rencorosa Calypso hubiera decidido arrojar uno de sus enardecidos embrujos, ocultando la estrella a nuestra vista. Me asomé a la borda. Miré a Fado, a Jano y al contramaestre, que temerosos me seguían los pasos. Sabedor de lo que podría hallar en este océano, me recargué en la baranda a esperar que la fragata cayera en una catarata mortal hacia el vacío, que Atlas en un arrebato de furia decidiera destrozarnos de un puñetazo, o el ataque de cualquiera de las bestias asesinas que se rumoraba habitan estas aguas. De entre la bruma apareció el lomo prieto de un animal enorme. No movimos un dedo. Aguardamos expectantes, conteniendo la respiración, mientras vimos deslizar ese cuerpo lustroso sobre el oleaje. La niebla abrió lentamente y nosotros, que esperábamos el ataque de la bestia, no salíamos de nuestro asombro al comprobar el paso sigiloso de un *kraken* sobre el agua. Detrás de él; un desfile de seres temibles: vimos flotar al *nautilus*, a la pesada mole de un dragón chino, presenciamos los giros de un calamar gigante, los restos de una ballena blanca custodiados por tritones enflaquecidos hasta los huesos. No podían atacarnos, todas las criaturas estaban muertas. Al final del desfile, una *naga* moribunda alcanzó a lanzar una mirada implorando compasión. Sus ojos, casi humanos entre las rudas escamas, acusaban desconcierto. El espectáculo fue desolador. No puedo explicar por qué pero asumí esto como el anuncio del fin de una era para dar paso a un mundo moderno, un mundo cruel donde sólo la exactitud y lo banal se instalarán en la mística de los pueblos. Nadie creerá en monstruos y en leyendas. Un par de lágrimas rodaron por mis mejillas al entender el abandono que le esperaba al hombre en siglos venideros. Recompuesto me dirigí al timón para volver sobre este océano, que en verdad resulta tenebroso, pero sólo por la soledad y la desesperanza que se respiran en él.

La criatura de trapo

Mismo mar; mismo desaliento.

Al virar el rumbo, huyendo de la desolación divisamos un banderín que ondeaba sobre el mástil de una fragata de menores dimensiones que la nuestra. En el banderín reconocimos la estrella de David. Las amarras se conectaban unas a otras por medio de hilos de cáñamo que daban al navío la apariencia de una maraña. El casco gozaba de un diseño con arcos de medio punto. Justo al centro de la fragata, absorto en su labor, un hombre de avanzada edad ignoraba nuestra presencia. Me tomó tiempo reconocer a un rabí que conocí en una visita a una sinagoga en Getzamaní. En esa ocasión me habló de la necesidad de dotar de vida a un empasto de barro. Enardecido explicó y detalló con teoremas teológicos y químicos la concepción de un ser al que dotaría de vida: el golem. Ahora el viejo trabajaba ajeno a las miradas, zurciendo un muñeco de trapo. A un costado de la mesa un conjunto de matraces, morteros e instrumentos de alquimia. Al fondo, recargado en la borda y descansando la cabeza sobre su pecho, una criatura fabricada con arcilla se desmaterializaba en el olvido. Junto a la criatura, una escoba inservible acusaba la futilidad de las empresas humanas. Me pregunté si esa criatura recargada en la borda sería la misma que creó en el templo de Getzamaní, y si aquél mogote se habría movido algún día con la naturalidad de un animal o si fue capaz de barrer las losetas de la sinagoga. Me pregunté si el experimento del golem de trapo que ahora realizaba gozaría de mejor suerte. Cruzamos sin que el rabino nos dedicara un vistazo. Nosotros, por nuestra parte, estábamos demasiado preocupados para indagar. Este océano solo brinda desesperanza.

El mensaje

Jornada siguiente.

Topamos con un desvencijado galeote que se balanceaba desacompasado. Escandalizaba el rechinar de sus goznes y el crujir de sus maderas. Estaba desierto, pudimos comprobarlo una vez que una comitiva comandada por los agrios andaluces se atrevió a internarse en él. Tal y como predijo el bucanero que comanda la cocina, no encontramos ninguna persona a bordo. No sacamos nada en claro de la incursión al galeote, así que rumores de apariciones y brujerías comenzaron a ser esparcidos por los bávaros. Asustados, permitimos que ese barco continuara a la deriva. Más tarde, uno de los andaluces decidió confiarme un objeto que revelaba el misterio. Sobre mi escritorio depositó un legajo de papeles que alguna vez habrían conformado un diario. Rebuscó hasta dar con una página amarillenta llena de enmendaduras. Me atrevo a transcribir las anotaciones:

Theatrum Orbis Terrarum

Viajero, este mensaje no tiene otro fin que la confesión de un futuro pecador para redimir la afrenta a lo divino. Nuestra suerte ha sido injusta, los encuentros con los piratas no podían salir peor librados, parecen incluso motivo de mofa pues nos han bombardeado cuatro barcos que enarbolan una cruz de tibias; también hemos sido perseguidos por una carabela fantasma y asaltados cinco veces por el mismo corsario

(quien al vernos en el último robo no pudo reprimir una carcajada ante la coinci-
dencia) Hartos de las humillaciones, uno a uno mis hombres se han ido arrojando al
mar. Las aguas, mudas, recibieron a cada uno de ellos. Sólo he quedado yo, que me
entregaré esta noche a los brazos de la muerte. El destino que me aguarda es espantoso,
pues acabaré integrándome a esta caterva de espectros que puedo ver desfilar hasta la
proa, condenados cada luna a repetir su suicidio. Se ven tristes pero debo, como capitán,
acompañarlos. Es una cuestión de lealtad. Espero que alguien encuentre esta nota y ore
por el descanso de nuestras almas.

Capitán Drakon
Armada de los suicidas

El apunte me ha helado la sangre. El gesto del capitán me pareció
conmovedor, me pregunto qué habría hecho en su caso. A lo lejos, el
galeote continúa su viaje perpetuo.

Retorno a la *Mar tenebris*

Si bien la bruma ha vuelto, amenazante, he decidido erradicar mis temores enfrentándola. Luego comprobé un hecho alarmante: hemos estado girando sobre la misma corriente, la de la *Mar tenebris*, dibujando espirales hasta envolvernos en su curso. Estamos en el mismo punto de hace algunos días. No es la fragata la que dibuja su ruta sino las aguas traidoras que exigen una catástrofe. De la probabilidad de un naufragio me ha convencido un sueño perturbador que Jano me ha contado hace unas horas, una pesadilla donde oscuros escorpiones despedazan el mascarón de la fragata.

Entre la niebla

Mar tenebris. Sin hora ni fecha.

De la niebla que envuelve al barco, del oleaje, del hocico mismo del miedo surge la imponente figura del leviatán. Sobre la cresta de una ola se eleva como un mazo que anuncia la colisión. Los trovadores, impávidos, ejecutan las escalas musicales del apocalipsis; la tripulación se arremolina aferrándose a mástiles y velas en busca de salvación. Quiero imaginar que esa negra silueta que recorta el cielo e impide el paso del sol es una tramposa invención, una suma de terrores personales que me juegan una mala pasada. Pero el ojo fulgurante, lleno de odio, ese tizón que incendia el mar me despierta del letargo. El peligro es real. Juro que es la mano de un arcángel la que vira el timón a estribor. Contemplamos al leviatán azotar una de sus aletas a nuestro costado. Después es el mar en mil astillas que golpea a nuestros rostros con una fuerza brutal. La fragata se arremolina, se contrae, se aletarga y resurge de un ataque furioso de coletazos que no consiguen hacernos naufragar. Los marineros se aferran aunque puedo ver cómo el cartógrafo y el contramaestre son consumidos por la vorágine de las aguas. Elevo plegarias. Concierto blasfemias, impúdicos reclamos a nuestra perra suerte. Desboco mi ira sobre el leviatán esperando el fin. Ruedan sobre cubierta cuchillos, tableros de ajedrez, talegas, las primeras letras del antiguo testamento, la historia de Job, un ejemplar de *Las mil y una noches* labrado en sólidos papiros. Y me miro resbalando, estrellándome contra la dura madera con la que fabricaron esta embarcación. El leviatán se yergue, intimidante, sobre la quilla. Estamos perdidos. Cierro los ojos. Decidida, la bestia maniobra girando su tonelaje como una espiral del diablo. La proa de nuestra nave libra el impacto milagrosamente. Luego, de manera inexplicable, el leviatán se hunde imperioso en las aguas. Es engullido por el fondo del mar. Después gobierna el silencio. Fado, tambaleante, se dirige al timón. Los funámbulos se arrojan como gatos sobre el velaje desgarrado. Vuelve a activarse el astrolabio. Giro órdenes a diestra y siniestra. Grito como una fiera. Se movilizan trovadores, bávaros, juglares y andaluces. Recomponemos la nave y el rumbo. Sobre la mar, la calma. Sobre nosotros la congoja de los difuntos recientes pero sobre todo el remordimiento de disfrutar una brisa que aleja a la niebla, una brisa que los muertos ya no conocerán. Mis órdenes son terminantes. A toda vela con destino al puerto de partida. Por superstición, prohibido mencionar al leviatán. Mi felicidad sería completa si no hubiera perdido al cartógrafo y al contramaestre. La vida en mar abierto es dura y muchas veces implacable.

A puerto seguro

La nostalgia me invade, recordar a los caídos me estremece, alejarme del mar (de su drama infinito) me deprime. Aunque sé que es momento de retornar, de abandonar este rosario de episodios para dar paso a la cotidianeidad en tierra. La vida no es otra cosa sino una marea perpetua donde uno debe aprender cuándo es el momento de seguir la ola y cuándo es tiempo de remar a contracorriente. Este viaje llegó a su fin. He puesto por escrito esta serie de historias asombrosas de las que seguro pocos darán crédito. Qué más da, esta bitácora ha procurado ser fiel a los hechos registrados. Es tarea de cada lector confiar o no en su autenticidad.

Ecos de una mar lejana

Puerto de Lisboa, 17 de octubre
del año de Nuestro Señor.

Tocar tierra no representó el término del viaje. Al desembarcar fuimos forzados a ocultarnos. Jano, en la celebración de nuestro arribo en una taberna de Lisboa, nos hizo saber que se nos considera prófugos (fue advertido por el dueño del lugar, que es uno de sus tíos). Además, a través de un trance de Fado hemos tenido conocimiento de la cacería que se prepara. Ahora sabemos que sus majestades nos han declarado desertores de la Real Corona, han puesto precio a nuestra cabeza. Como podrá imaginarse, consternación es una palabra diminuta para describir el sentimiento que despertó la noticia. Para los bávaros que gustan de descifrar significados, la lectura del asunto es claramente política, me hicieron notar que los reyes consideran mi presencia una amenaza pues una vez que reclame en actas las tierras que descubrí, transitaré de manera natural de almirante a virrey de los nuevos mundos. Quieren deshacerse de mí y de mis hombres. Con tristeza tuve que despedirme de todos, en la clandestinidad, sin gloria. Dije adiós a los sueños de "El Dorado", a los arrebatos místicos, a las búsquedas crípticas de los bávaros; al afecto de Jano, de trovadores y juglares; incluso a la amargura de los andaluces. Con mano propia inicié el fuego que devoró nuestra fragata. Quemamos todo excepto esta bitácora. A partir de ahora seremos fugitivos. Me percaté, en el adiós, de que esta navegación no habrá de consignar nuestros nombres en los libros de Historia como ha ocurrido a algunos contemporáneos genoveses, españoles y portugueses, quienes también sufrieron el desconocimiento de sus reyes. La travesía sólo será registrada en este libro enrarecido por el polvo que a nadie interesará en lo futuro. La pasión del viaje guardará su alma en este mamotreto que no será publicado bajo ningún motivo. Mamotreto que algún día quemaré también. La navegación permanecerá inalterable y majestuosa en la profundidad de nuestra memoria; en la reproducción de nuestra mente y nuestro espíritu. Los recuerdos, las alegrías, las aventuras y aún las desventuras serán este vasto tesoro.

Caminé las calles de Lisboa. Me he refugiado en un hostal de Mouraria. He decidido recomponer mi vida. La única esperanza es recorrer el camino hasta Santiago de Compostela buscando protección divina. Eso haré al despuntar el día.

Culminación de la partida

Santiago de Compostela. Fin de año.

El camino a Santiago fue riguroso. Disfrazado con las prendas de un monje franciscano he llegado hasta aquí. Lo más doloroso ha sido abandonar el mar de manera imprevista. Una vez en la villa, instalado en la *Posada de la mortificación* redacté una carta a las majestades. Les hice saber mi deseo de desprenderme de cualquier título o usufructo que el descubrimiento de las nuevas tierras implique. Sólo me quedó esperar la respuesta. Desde luego ellos nunca leerán una línea de esta bitácora.

Hace un mes, a medianoche, me devolvió la calma el pergamino lacado que entregó en mis manos un jinete misterioso, portador de un gran compás que agitaba por los aires. En la carta, con una caligrafía artificiosa, la Corona decidía poner fin a la cacería a cambio de un absoluto silencio con respecto a las maravillas descubiertas en el viaje y la promesa de no regresar al océano jamás. Siguiendo el protocolo, ataviado con una banda en la cintura, entregué al mensajero una misiva donde acepté la oportunidad. Por mí, sus majestades y su poder podían andar al demonio. Después de jurar tres veces colocando la palma de mi mano sobre una Biblia, hice la reverencia. Finalizada la ceremonia, contemplé aliviado cómo de entre un remolino de polvareda desaparecían las patas del caballo galopante montado por el misterioso jinete, rumbo al castillo real. Con él iba el documento que aseguraba que la navegación había sido sólo humo ante los ojos de un eterno insatisfecho.

Emblematum liber

Una aldea desconocida, mañana radiante.

He llevado a cabo la promesa de alejarme de las tentaciones del poder. Mi juramento de no publicar ni una línea sobre el viaje lo respetaré siempre. La tercera de las cláusulas, sin embargo, no podré cumplirla. La belleza del mar es superior a mi voluntad. Viajé a una aldea de pescadores y compré una choza. Me he dedicado a escribir viñetas acerca de la condición humana mientras contemplo el océano. Por las tardes me embarco, en una lancha, a gozar del ocaso. Disfruto la vida lejos de sobresaltos. Aunque cualquier día puedo mudar de opinión. El impulso marino es irrefrenable. Retornaré a las travesías, lo sé. Qué se puede hacer cuando se es un eterno navegante. Además, sólo así puedo huir de una visita, la de ese galeón abriéndose paso entre las nubes, surcando mares atmosféricos con una corsaria encaramada en la proa. Ese día llegará, seguro. Pero espero que ocurra dentro de largo tiempo y vastas tierras visitadas. Sólo después de muchos años de navegar podré admirar sin congoja la belleza de su rostro, su sonrisa prometedora, y ese emblema de la muerte que se oculta, paciente, tras los ojos color miel que me contemplan con ternura.

Marzo 2008 - Marzo 2015

Bitácora del eterno navegante
de Ulises Paniagua
terminó de imprimirse en octubre del 2015
en los Estados Unidos de América,
la edición estuvo a cargo de Casa Editorial Abismos.
El tiraje fue de 500 ejemplares.